LA FAMIGLIA DE-TAPPETTI

LUIGI ARNALDO VASSALLO
(GANDOLIN)

Texte et illustration de couverture : © domaine public
Edition : Culturea (Hérault, 34)
Contact : infos@culturea.fr
Retrouvez notre catalogue sur http://culturea.fr
Imprimé en Allemagne par Books on Demand
Design typographique : Derek Murphy
Layout : Reedsy (https://reedsy.com/)

Dépôt légal : janvier 2023

ISBN : 9791041845613

I

La Rivista

Policarpo De-Tappetti, incauto padre e scrivano presso il Fondo per il culto, ha promesso al figlio Agenore, sei anni e quattro mesi, di condurlo al Macao.

- Agenore - gli ha detto, la sera del sabato, con accento severo - tu appartieni a una nazione di ben trenta eziandio milioni di abitanti, non ficcarti le dita nel naso! a una nazione che è stata maestra di civiltà.... non grattarti! perdio, la testa, quando parla papà, hai capito? a una nazione insomma, di cui è operoso scrivano colui che ti ha messo all'onore del mondo. Domani è la festa dello Statuto.

- Papà, che cos'è lo Statuto?

- Lo Statuto è, figlio mio, quella cosa per cui non c'è che la gente senza educazione, che finga d'ignorare i proprii doveri, tra cui, te lo dico una volta per sempre, quello di ubbidire mammà e papà, e di non fare certe risposte; che non le farebbe neanche un monello di strada.

Sono le sette di mattina. Casa De-Tappetti pare un inferno. La signora Eufemia, tutta discinta, con le papillotes in testa, mette sossopra i cassettoni, e butta in aria quanto trova, cercando un involtino di carta azzurra, contenente una dozzina di bottoni per camicia.

Policarpo è in mutande, coi piedi infilati in un paio di ciabatte, che ogni tanto gli scappano, insieme con la pazienza maritale e paterna. Egli ha in mano un solino finto e una cravatta di seta nera, veneranda memoria sopravvissuta a tempi migliori.

- Per bacco baccaccio! - egli mormora tra i denti - queste cose non succedono che a me.... Non c'è una camicia a cui non manchi un bottone. Specialmente di quelli a parte di dietro. Ma dove li avete gli occhi?.... a casa del diavolo?..

- Sta un po' zitto.

- Zitto, un corno! sarà la trentesima volta.... ma che dico? sarà l'ottantesima volta che trovo la camicia senza il bottone a parte di dietro.... Agenore! lascia stare l'orologio. Conoscerò, a dire poco, mille persone; pure tutte hanno i bottoni in regola.

- Ma finiscila una volta.... ecco, li ho trovati. Rosa! un ago, e un po' di filo bianco.

- Oh! non si troverà né ago, né filo, ne sono sicuro.

Serva e padrona si sbracciano, si affannano, frugano, rifrugano e non trovano nulla.

- L' avevo detto io! Agenore! lascia stare l'orologio.

- Dimmi - soggiunse la moglie tutta stravolta - non ti basterebbe uno spillo messo per bene?

- Sicuro! per farmi scoppiare una vena.

- Aspetta.... ecco l'ago.... manca il filo....ah! un po' di filo nero.

- Lo sapevo!

- Papà. - strilla Agenore - non mi voglio lavare la faccia.

- Non ti vergogni, sudicione? (alla serva con autorità). Rosa, non risparmiate il sapone, specialmente nel collo.... e che sia pettinato, mi raccomando.... sangue di bacco.

- Che cosa c'è?

- Te l' ho detto mille volte! non abbottonare i manichetti delle camicie pulite!...uno si infila la camicia e non riesce a mettere fuori le mani. Non c'è mai stato verso....mai.... mai....

- T'ha preso il nervoso stamane?

- Sfido io! guarda l'orologio, son già le otto; presto, il mio fazzoletto bianco, quello delle feste.... il mio fazzoletto turchino, quello per il naso.... il fazzoletto rosso, di seta, per il sudore.... dopo sette anni di matrimonio ho sempre da chiedere le stesse cose. Agenore, sei pronto?.. il mio bastone! dammi la chiave del portone....me la voglio cucire in tasca! non c'è caso che vi ricordiate di darmela.... Agenore, sei pronto?.. l'astuccio degli occhiali dov'è.... non si trova mai.... già! l'avrete dato al ragazzo per baloccarsi, si capisce questa casa è un inferno... dammi un giornale.

- Per che farne?

- Dammi un giornale vecchio....si sa mai.... quando c'è dei ragazzi....Dio, come stirano queste bretelle! e il gilet poi pare un sacco.... te l'avevo detto, io, di farmi una piccola basta di dietro?

- Che dici?

- Basta di dietro!... sei sorda?

Finalmente si riesce a porre sesto a tanta confusione. Policarpo dà gli ultimi avvertimenti al figlio, e presolo per mano, scende le scale del domicilio, in via dei Coronari, attraversa via di San Luigi dÈ Francesi, pozzo delle Cornacchie, piazza di Pietra, via delle Muratte, e per l'Angelo Custode, Si spinge verso il Macao, gridando ogni cinque minuti:

- Non cacciarti tra le gambe della gente.... sta zitto.... non scendere dal marciapiede, non vedi che ci sono i legni?

Dalle finestre pendono le bandiere a tre colori. Agenore opprime di domande l'illustre genitore.

- Papà, che vuol dire tre colori?

- Vuol dire che l'Italia è divisa in tre grandi regioni: alta Italia, Italia centrale e Italia meridionale,

- Meridionale che significa?

- Ch'è mezzogiorno.

- L'ora del pranzo! papà, ho fame.

- Non si dice fame: le persone per bene dicono: appetito.

- Si, papà! ma io ho fame.

- Appetito.

- Sì, papà: ho anche appetito. Comprami una ciambella.

- Mangiare a digiuno fa sempre male.

- Io mi metto a piangere.

- E io ti porto a casa.

- No, papà; voglio vedere la rivista; piuttosto piangerò stasera.

Non so come Policarpo e suo figlio riescono, malgrado la folla, a penetrare nel recinto del Macao.

Enormi spirali di polvere salgono al cielo, simili a turbini del deserto, e accecano soldati e spettatori. I reggimenti, immobili, paiono muraglie d'uomini. Lampeggiano le sciabole dei cavalleggieri. Il generale comandante in capo galoppa di qua, di là, facendo ondeggiare marzialmente il ricco pennacchio che pare una nuvoletta di bianchi vapori. Romba il cannone. Le bande musicali suonano l'inno reale. Agenore non istà più nella pelle. Un drappello di carabinieri splendidi, come campioni di un torneo, entra nel recinto. Sono i corazzieri.

Ecco il re, seguìto da un codazzo di splendide, svariate, pittoresche uniformi.

- Papà! Io non vedo niente; qual è il re?..

- Vedi: è quello laggiú, pallido, con quei grandi baffi.... non lo vedi?

- Li hanno tutti i baffi.

- Non capisci niente. Non mi seccare.

- Lo so che non capisco: ma la mamma dice sempre: "Papà non sa mai quello che si dica"

Policarpo dà un'occhiata fulminante al piccolo Agenore, che si ficca il dito nelle narici.

- Via quel dito!

- Tu ce lo metti sempre e nessuno ti dice nulla. Ah, quando sarò grande!

Policarpo trascina il figlio sul piazzale dell'Indipendenza. C'è un quadrato di fanteria e un quadrato di curiosi; molte signore, in abiti assai carini; molta ragazzaglia inerpicata sui cancelli, sui lampioni. Agenore assiste alla sfilata, provocando fieri rabbuffi dalla giusta collera del genitore, per le domande stupidissime con cui mette a dura prova l'erudizione paterna.

A un certo punto, Policarpo afferra il figlio e facendolo galoppare come un dannato dantesco lo trascina sulla piazza del Quirinale. La folla si agglomera davanti al regio palazzo.

- Papà, - chiede Agenore indicando la Consulta, - chi ci sta in quella casa?

- Ci sta l'onorevole Crispi.

- Non me ne importa nulla.

- Non me ne importa nulla neanche a me, pure egli è il capo del governo, e lo dobbiamo amare, come si amano le istituzioni.

La folla applaude, il Re e il Duca d'Aosta si affacciano e salutano dalla loggia, agitando gli elmi piumati.

Policarpo trascina verso casa il figlio che ha un palmo di lingua fuori, e gli occhi rossi dal sudore e dal polverio.

- Ti sei divertito? - gli chiede la mamma togliendogli l'abitino.

- Sì, mamma: ho tanto fame.

- Si dice: appetito! - grida Policarpo.

- Povero figlio! - esclama la mamma, dandogli un bacetto. - papà ti dà i tormenti eh? poverino!

- Bella educazione! - soggiunge Policarpo - voi, o signora, diminuite il prestigio dell'autorità.

- Ma che prestigio?

- Voi, o signora, eccitate una creatura inconsapevole allo sprezzo verso il superiore immediato, voi seminate la diffidenza tra le diverse classi sociali, voi....

- Oh non mi gonfiare la testa! andiamo a tavola, chè ci sono le fettuccine al pomidoro.

Policarpo con accento maestoso:

- Signora! Non è al pomidoro che si forma il carattere della gioventú.

II

Le gioie di De-Tappetti.

La casa, tutt'insieme, si compone di due camere e una cucina. È bene conoscere l'ambiente, poichè, un filosofo antico - fors'anche un greco - non si sa mai! - ha detto:

- La casa è l'individuo.

Veramente io direi: la casa è il padrone di casa.

E il padrone di casa che spesso, in Roma, è una padrona, è poi uno spettro mensile e trimestrale! che nuoce alle funzioni dell'organismo umano, poichè non accorda il respiro.

Per andare da Policarpo De-Tappetti, si entra in un andito stretto e buio, che comincia coi cestini d'una fruttarola, donna magra, untuosa (la quale passa i tre quarti della vita a grattarsi la testa), e finisce con un laghetto, una specie di compluvio naturale, alimentato con singolare costanza dalle donne del vicinato.

In fondo all'andito c'è una porta butterata dal vaiuolo, incrostata di ruggine, di ragnatele, d'immondezze; qualche cosa di schifoso. È la porta, per cui le donne vanno a fare la pulizia - pare impossibile - dei panni, in una specie di grotta, dai muri stillanti acqua e sudiciume.

Saliti quattro capi di scale, c'è un ripiano, dai mattoni sconnessi, regolarmente disseminati di gusci d'ova, di buccie di patate, e altri elementi commestibili, come sarebbe a dire cartaccie, stracciolini, chiodarelli e una quantità enorme di noccioli di ciriegia, abilmente disposti, in modo da far cascare la gente, a rischio di rompersi, Dio scampi, l'osso del collo.

La prima camera di De-Tappetti è mobiliata con un magnifico sofà di reps giallo, comprato dal perito Stella con 7 lire e 45 centesimi; un cassettone coi tiretti scortecciati e mancante di un piede; un orologio a pendolo, e che segna sempre le ore 5 e due centimetri, con l'unica lancetta che gli è rimasta; uno specchio, dalla cornice nera, e col cristallo rotto agli angoli e attaccato mediante margini di francobolli; quattro sedie di paglia perfettamente scompagne; una elegante poltroncina di reps azzurro, comprata dal perito Stella a 5 lire e 90 centesimi; una tavola rotonda intarsiata di macchie e di minuzzoli di pane, un mobile misterioso, coperto da due vecchi scialli della signora De-Tappetti, e che, poi, non è altro che un lettuccio di ferro incaricato di fingere, durante il giorno, un sofà, e accogliere, la notte, le stanche e non rimunerate membra della serva.

È dunque una sala, una camera da ricevere, stanza da letto, sala da pranzo, il cui servizio cumulativo richiede una quantità di ingegnosi artifizi.

Nella seconda camera, una toletta di legno dipinta a marmi preziosi, due lettucci di ferro i cui pezzi sono mantenuti, per mezzo di vecchie corde d'imballaggio, quasi in relazione tra loro, e una culla a gabbioncino per Agenore che pure ha quasi sette anni, un attaccapanni i cui piuoli si staccano al peso di un soprabito, e una quantità di quadri (poichè De-Tappetti ama le arti) le cui vecchie muffite litografie rappresentano le cinque parti d'Europa, una delle quali è la Primavera.

La cucina non è che uno sgabuzzino in cui i predecessori di Policarpo hanno lasciato molte memorie di famiglia in una quantità di sorci, i quali vivono non si sa proprio di che.

È festa, è la festa di San Pietro.

- Oggi ci dobbiamo divertire un pochetto? - esclama Policarpo giocondo, e affibbiandosi gli straccali - vi condurrò tutti e due ai prati di Castello, passando per porta Angelica.

- Papà? io voglio passare per il ponte di Ripetta.

- No, figlio mio; invece spenderemo i soldi del pedaggio in tante ciambelle di Lucca.

- Voglio passare per il ponte e voglio le ciambelle di Lucca.

- Mi meraviglio, e mi vergogno per voi, discolaccio?... Corpo di bacco, non trovo piú la mia cravatta nera. Eppure l'ho messa. Dico sempre: lasciate le cose dove le metto io! Nossignore? come parlare al muro.

- Fai adagio! - dice la moglie - con un po' di pazienza....

- Pazienza un corno non mi si dà retta, mai. Ce la voglio inchiodare, la cravatta!

Si cerca, si fruga, la famosa cravatta è dentro una scarpa di Agenore.

- Ecco, ecco come si sciupa la mia guardaroba. Una cravatta che porto da dodici e che è ancora nuova fiammante. Credete forse che vada a rubare la notte? che faccia il falso monetario? La ci vuol tutta per non morir di fame al servizio dello Stato, e intanto mi si mette la cravatta nelle scarpe. Con 95 lire il mese: un ragazzo che mangerebbe un patrimonio, una moglie che vuole assolutamente un cappello ogni due anni? una serva che divora un chilo di pane ogni giorno, e 45 lire di pigione! Manco male i nuovi organici mi porteranno un aumento. Benedetto sia questo Ministero! io l'ho sempre detto: fior di brava gente, benchè abbia dato la croce al mio capo sezione. Non s'accosta mai all'ufficio, lui. Policarpo faccia questo, Policarpo faccia quest'altro, giú, giú, tutto addosso a questo somaro!

- A proposito: c'è stato il salumaio?

- Vada al diavolo! aspetti i nuovi organici.... li aspetto bene io, mentre mi premono piú che a lui.

Il giorno in cui andranno in vigore, vi condurrò tutti nell'omnibus da Piazza Venezia a Porta del Popolo.

Indi con voce solenne:

- E se non mi farete inquietare, torneremo sull'omnibus, da Porta del Popolo a Piazza Venezia. E poi, una bella domenica, vi farò vaccinare.

La serva rientrando.

Il postino col Don Chisciotte.

Policarpo levando al cielo gli occhi....

- Dio mi ha mandato anche questo canchero di giornale! - dando un'occhiata al foglio - è un'infamia!

- Che è successo?

- I nuovi organici....

- Ebbene?

- Tutto per aria. Ah! l'ho sempre detto: questo Ministero è un poco di buono.

- Papà? andiamo ai prati di Castello?

- È inutile, figlio mio, anche qui siamo completamente al verde.

III

Il banchetto della famiglia.

La serva sbuffa in cucina. Donna Eufemia sta capando uno spicchio d'aglio. Policarpo gratta un formaggio che appesta il vicinato. Agenore, impicciando tutti quanti, giunge a spingere, surrettiziamente, alcune patate sotto la cenere calda, nella quale, naturalmente, si scotta e strilla come un'aquila.

È una rivoluzione. Policarpo si caccia in tasca il pezzo di formaggio. Eufemia depone l'aglio sopra lo sciacquatore. La serva rovescia tutto quanto il barattolo del sale dentro la pignatta.

- Presto, la concolina? - grida Eufemia pestando un piede.

La serva si slancia nella camera da letto. Policarpo osserva le dita di Agenore, e non vedendo nulla di sospetto, gli tasta il polso e si fa mostrare la lingua.

 - Non piangere; - gli dice - non è niente.

 - Già: brontola Eufemia, - per voi tutto è niente. Vieni qua, da me, figlietto caro.... sta zitto, che poi ti compro due bei centesimi di nocchie.

 - Se non aveste messo la mano vicino al fuoco, non vi sareste scottato! - dice severamente Policarpo; - la vostra condotta non è che una serie di dispiaceri per la famiglia.

- Ma questa concolina viene o non viene?

- Che fa quella somara?

- Dille che si sbrighi.

Policarpo si volta con impeto, e ne viene uno scontro colla serva, che sta correndo colla concolina in mano. I calzoni di Policarpo sono fracidi d'acqua insaponata. La concolina va in mille pezzi.

Tutta la famiglia, costernata, si raccoglie intorno a quei frantumi, come davanti a una catastrofe. Una lacrima spunta dal ciglio di Policarpo. Donna Eufemia batte le mani congiungendole, con voce straziante:

- La concolina di mia nonna!

Policarpo, per nascondere la sua emozione, si fruga in tasca, ne cava il pezzo di formaggio, e lo fissa con straordinaria intensità.

Intanto la pignatta dà disopra, e il brodo, cascando nel fuoco, solleva spirali di fumo bianco.

Policarpo, Eufemia e la serva, con unanime slancio, si precipitano verso la pignatta, che viene alzata da sei mani e messa da pàrte.

Agenore s'appende alle ginocchia del genitore e strilla:

- Le mie patate!

La serva, confusa, afferra uno strofinaccio fradicio di acqua e cenere, dà una ripulita alla pignatta, poi sempre rintontita, lo depone sul casto seno di Donna Eufemia. Policarpo si curva per dare una correzione al figlio. Eufemia manda un grido drammatico, prende lo strofinaccio con due dita e lo butta lungi da sé con atto di ribrezzo. Lo strofinaccio s'avvolge come un turbante intorno al cranio nudo di Policarpo.

- Un asciugamani, presto un asciugamani! - urla Policarpo.

La serva afferra una cosa bianca, e gliela porge. Policarpo si asciuga la testa e il collo. Altro grido di donna Eufemia:

- La mia camicia da notte!

La cucina è un inferno. Policarpo guarda con desolazione profonda i calzoni fradici, quasi fosse l'ultimo atto dei Due Sergenti.

- Come fare? Non ce n'hai nessun altro paio di mezza stagione.

- Lasci a andare: s'asciutteranno.

- Ma tu t'ammalerai.

- Che poi non m'avessi da pigliare un febbrone?

- Levateli subito: credi a me.

- Ma che mi metto? non posso mica restare in mutande.

- Aspetta facciamo così: Rosa, prendete la mia veste di lana turchina. Per un momento, ti metterai quella..

- Un funzionario dello Stato vestito da donna?

La dignità di Policarpo si rivolta, ma la necessità è urgente e superiore all'amor proprio. Così avviene che Policarpo, un momento appresso si avvia solennemente verso la tavola, mezzo vestito da uomo e mezzo da donna. Agenore ci ride. Il genitore lo fulmina con un'occhiata.

- Non si deve mai ridere sulle sventurate emergenze della famiglia, e dovreste invece apprendere, che il genitore afflitto da sventura idraulica, sa sempre nobilmente indossare la veste del sacrificio.

Finalmente la famiglia è seduta a tavola. Agenore ha un tovagliolo, che lo strozza, legato intorno al collo.

La serva porta la minestra. Agenore domanda che per lo meno la sua scodella sia coperta da due chilogrammi di formaggio. Il genitore si rifiuta. Agenore si tira i capelli. Il genitore gli tira gli orecchi. Eufemia tira la manica di Policarpo, il quale si mette in bocca la prima cucchiaiata di minestra, Per poco non la sputa,

- Dio clemente e misericordioso! esclama Policarpo - questa minestra è una salina di Orbetello.

- Le tue solite esagerazioni....

- Eufemia mia! non eccitare, te ne prego, la mia sacrosanta indignazione. Fammi il piacere di degustare la minestra e poi....

Eufemia assaggia,

- C'è un po' di sale, ma non mi pare che ci sia da strillare a quel modo che fai tu.

- Ma è salata o non lo è? rispondi categoricamente, poichè la vita domestica è fondata sulla logica.

- Non ti stranire, fammi questo piacere.

- Signora Eufemia! i sett'anni di matrimomio non vi autorizzano a denigrare la sincerità dei miei sensi. Non tergiversiamo, per amore di Dio. È salata o no, questa minestra?

- Quanto sei seccante!

- Papà - soggiunge Agenore - perché la mamma dice sempre che sei seccante?

- È un'espressione confidenziale che tu non devi ultroneamente ripetere! Hai capito? Ma guarda che fai? tu intingi la manica dentro la scodella. Ma, disgraziato, non te l'ho detto mille volte? a che cosa servono le maniche?

- A ripulirsi la bocca.

Policarpo resta atterrito, davanti al crescente idiotismo di quel figlio unico che un giorno dovrà essere il capo della sua stirpe.

La signora Eufemia con voce acre e acutissima:

- Impossibile! non passa giorno che a tavola non si faccia qualche lite. Tutti mi dicono: quanto dovete esser felice con vostro marito; è un uomo che fa ridere tutti. Ma già, si capisce! fuori di casa il signore sarà amabile, sarà spiritoso, sarà. ciarliero, sarà brillante. Appena messo piede in casa, non fa che brontolare, brontolare, e dalla mattina alla sera: ora i bottoni non sono cuciti; ora s'è persa la cravatta; ora la minestra ha il bruciato ora non c'è calza abbastanza nella lampada a petrolio.... Ma dimmi un'altra cosa: non potresti dare un altro giro ai tuoi discorsi?

- Eufemia! - risponde severamente Policarpo - Eufemia, te ne prego, rientra in te stessa. Tu demolisci il prestigio della patria potestà! tu scuoti, nella loro base, quei principii inconcussi che ho procurato sempre d'instillare nel tenero animo di Agenore nostro.

- Ma io sono inconcussa da un pezzo e te lo dico francamente: o parla d'altro o sta zitto. Agenore, vuoi un pezzettino d'arrosto?

- Ma me le compri poi le nocchie?

- Ti ho detto di sì. Non seccarmi neppure te.

- Ecco - mormora Policarpo - ecco come si finisce per traviare il senso retto della gioventú! Le nocchie sono il primo passo sul sentiero dell'abisso. La nocchia è la madre dei vizi.

- Policarpo, te lo ripeto: non essere così brontolone. Non ci hai altro da dirmi?Ma scusa tanto; perché leggi tanti giornalacci? Non ci trovi niente di bello da raccontarmi? Perché non ci dici tante belle cose?

- Non vi si trovano che cose brutte.

- Perché leggi, allora?

- Per ornare il mio spirito di quella cultura unissona, che deve cementare le facoltà intellettuali e intangibili della coscienza cittadina. Ma che vuoi ti narri, cara mia? Vuoi che venga a tavola, per dirti che la locomotiva ha rovesciato il ministero?

- Come?

- Con un break di sfiducia: pur troppo il capo del governo è stato trascinato con un vagone senza ruote.... lui! un uomo che trascina giorno e notte il carro dello Stato.

- E s'è fatto male?

- Nessun male, grazie al cielo.

- Ma figuriamoci, che paura, Gesú!

Policarpo con accento severissimo:

- La paura è un sentimento subalterno.

- Queste ferrovie! - esclama la signora Eufemia, con profonda convinzione.- Per me non vorrei servirmene mai.

- Tu esageri - risponde Policarpo basta avere un poco di prudenza, e non viaggiare che con treni esenti da scontri, e da deviazioni o altri simili disastri.

- Se io fossi capo del Governo....

- Non è possibile; saresti una capa.

- Mettiamo il caso. Ebbene, non andrei che in carrozza.

- Come fare? A giorni il presidente del gabinetto andrà a Vienna in compagnia dei sovrani.

- È lontano assai Vienna?

- Lontanissima. Io non vi sono mai stato, ma conosco il fratello d'uno che suo cugino doveva andare a Vienna e anche piú lontano, eppure è capitale dell'Austria.

- Ma che ci vanno a fare a Vienna?

- A fare amicizia con l'Austria.

- Papà. - interrompe Agenore - non m'hai detto sempre che l'Austria è una brutta aquila bicipite?

- Lo era nel quarantotto. Perché lo stato dell'Europa, figlio mio, è tutto cambiato. Napoleone III è stato sconfitto a Sadova. Bismarck è sceso nella penisola balcanica, e ha battuto i russi a Plevna; i bulgari hanno invaso l'Erzegovina, sbarcando nell'isola di Tabarca; la Francia ha dichiarato guerra all'Enfida, e ha levato a Thiers le redini del governo, tanto è in trambusto; per questo appunto, l'Austria, ch'era nemica, ora poi, sfido, è piú amica di prima; e lo stesso imperatore degli austriaci è anche ungherese, perché sono due governi, che diventano un solo, anche per la ragione che Kossuth è sempre stato a Torino, la nostra capitale, dove fu amico sempre dell'Italia. Così sono amici al di qua dalla Leitha, e al di là dalla Leitha.

- Scusa un momento - interrompe Eufemia; - ho capito tutto, ma questa Leitha che vuol dire?.

- I governi dell'Austria sono due, cisleitano, e transleitano, mi capisci? ma poi veramente non sono che uno, e questo governo ogni tanto passa al di là dalla Leitha per poi venire al di qua.

- Scusa tanto, amico mio, ma levami una curiosità: la Leitha che cos'è?

- La Leitha con cui si governa, e che si chiama la Dieta.

- Ma se è Dieta come può essere Leitha?

Policarpo con doloroso stupore:

- Scusa tanto, cara mia. Io sono Policarpo e non sono anche De-Tappetti? Dieta è il cognome.

IV

De-Tappetti in villeggiatura.

Il sogno della signora Eufemia De-Tappetti è diventato una realtà. Policarpo è riuscito a farsi subaffittare, da un suo collega, una casa di campagna nelle vicinanze di Frascati.

Nei tre giorni precedenti alla partenza per la villeggiatura Policarpo non ha fatto che ripetere a tutto il vicinato

- Ah, non ne posso piú; sarà meglio che ce ne andiamo subito al nostro villino.

- Un villino?

- Oh, una cosa da niente: una palazzina di due piani, con un po' di giardino. Venite pure a trovarmi.... quando volete....ma è così lontano.... c'è due ore di cammino, a piedi.... con questo sole.... eppoi, una strada impossibile.... il governo non pensa mai alle strade.... ma venite pure, mi farete tanto piacere.

La palazzina, tutt'insieme! è una casuccia rustica, molto vituperata dalle intemperie. Una porta sbocconcellata, munita di un semplice saliscendi, mette in una specie di stalla, che sarebbe la sala da pranzo, per la ragione che c'è la cucina fatta unicamente per abbrustolire le focacce dei tempi d'Isacco e di Giacobbe.

Una magnifica scala di legno, tarlata a dovere, e abbellita di spaventosi ragnateli, porta al secondo piano della palazzina, che si compone di una cameraccia schifosa, divisa in due da un tramezzo d'assi sconnesse, abitacolo sacro alle pulci, che professano un verace attaccamento ai membri della famiglia De-Tappetti.

Il giardino consiste in un pezzetto di terreno incolto, pieno d'erbacce, di sterpi, tra cui cresce rigoglioso il papavero, l'ortica abbonda, e i cespugli di corbezzoli si aggraziano dei loro bottoni di corallo. Il terreno è cinto da una staccionata cadente in cui lo stesso compianto Mazzarella non avrebbe trovato piú posto, per una nuova interruzione. In un angolo, si vede una cisterna in cui, secondo la leggenda che corre in paese, i gatti defunti avrebbero trovato l'estrema dimora fin dalla piú remota antichità.

Policarpo, per godere una mesata intiera tale delizia, ha promesso di pagare 22 lire dicendo:

- Il sacrificio è grave, ma la salute prima di tutto.

La signora Eufemia, sposa e madre felice, avanti di partire ha gabellato alle amiche questa pietosa menzogna:

- Policarpo mi voleva fare un abito, ma io gli ho detto: abbi pazienza, caro mio, ma mi pare una bestialità: la prima cosa che si deve fare, in campagna, è di mettersi in piena libertà. E poi, non ce l'ho il mio abito di seta marron?

Da lunghi anni, la signora Eufemia parla con accento convinto e possessivo, di questo abito di seta marron, che nessuno ha mai visto e nemmeno lei. La cosa è talmente penetrata nelle abitudini, che lo stesso Policarpo ha detto piú volte, disponendosi alla passeggiata:

- Per l'amor di Dio, dolce Eufemia!... non mettere il tuo abito di seta marron; il tempo è minaccioso. I miei calli non s'ingannano mai.

La partenza per la campagna è un vero avvenimento per la famiglia De-Tappetti, e per l'intero vicinato che - sia detto a, sua lode - non ci aveva mai creduto.

Le lenzuola dentro a un secchio - i fazzoletti, i calzoncini di Agenore stiacciati nella cazzerola, le calze e le mutande del genitore, pigiate bene dentro la pignatta - altri indumenti rassettati con garbo dentro parecchi utensili di cucina; il tutto caricato sul gobbone della serva, l'infelice Rosa, che viene spedita alla stazione due ore prima della partenza del convoglio.

La signora Eufemia, s'è messa due abiti, quello per casa, e quello per fuori, uno sull'altro, a scanso di maggiori impicci. Policarpo ha le tasche piene d'ogni sorta di roba, dai pettini ai cucchiai, dalla scatolina del lucido per le scarpe, al macinino per il caffè. Il piccolo Agenore è ovattato di stracci per la cucina, di cartaccia per accendere il fuoco, ha una padella sullo stomaco e un soffietto sulla schiena, del quale dice talvolta di sentire il soffio, la qual cosa non è sufficientemente appurata dalla storia.

Tutti e tre hanno le mani impacciate da fagotti, in cui si celano i misteri della famiglia, dalle scarpe vecchie, alla conserva di pomidoro. I De-Tappetti salgono sopra un omnibus, e arrivano alla stazione un'ora prima della partenza del treno.

- Scusi - dice De-Tappetti, cavandosi il cappello, a un facchino - mi saprebbe dire a che ora parte il treno delle 5,50?

- Dieci minuti prima delle sei.

- Sempre ritardi! - esclama Eufemia: indi, volgendosi al marito: - in che classe si va?

- Andremo in terza.... non essendovi una quarta.

Finalmente la famiglia è in viaggio. Agenore non lascia un minuto il finestrino, e tempesta il babbo di domande imbarazzanti.

- Papà! che cosa è il vapore?

- Il vapore è il fumo che penetra nelle ruote e si converte in forza motrice, per modo che quando una locomotiva è in movimento tutti i vagoni le corrono appresso fino a che si scenda a una stazione che sarebbe per esempio Frascati.

- Papà! perché si chiamano vagoni?

- Perché vagano sulle ruote.

- Papà! perché gli alberi fuggono?

- Non è che un'illusione ottica; quanto piú si va innanzi, l'albero va sempre indietro, rimanendo fermo al suo posto, così che, a poco a poco, si perde di vista; mentre al contrario, se noi si restasse fermi, l'albero camminerebbe, cosa che non può stare, e che io tuo genitore, non dovrei neanche permettere.

Finalmente si scende a Frascati.

Un facchino si offre per il trasporto di tutto il bagagliume che affligge la famiglia De-Tappetti.

- No! - risponde con voce grave il De-Tappetti - l'uomo deve bastare a sé stesso; noi abbiamo, in questi fagotti, dei preziosi ricordi dei nostri avi, e non devono essere toccati da mani profane, e comecchessia mercenarie.

La giornata è afosa; il sole scotta, la strada è faticosa, la polvere acceca, il caldo è soffocante; Agenore ha fuori un palmo di lingua; la signora Eufemia va in acqua dal sudore; l'infelice Rosa fa salire gli ultimi rantoli d'una serva oppressa al trono dell'eterno. Policarpo s'asciuga la fronte, con un grembialino di Agenore, e dice con voce tronca e affaticata:

- Qui almeno.... si respira un po' d'aria....un po' d'aria sana.... fa piacere.... in verità....che bella frescura!

- A me pare - soggiunge Rosa - che ci si crepi di caldo.

- Tu non calcoli il peso delle parole, disgraziata! - grida Policarpo. - Tu calunnii la villeggiatura, tu vorresti insinuare nel core inesperto del mio tenero figlio, un sospetto: il sospetto che Policarpo De-Tappetti sacrifichi 22 lire d'affitto per fargli soffrire in piena campagna il caldo insopportabile delle grandi città.

- Scusami tanto, ma io provo un caldo simile a quello di Roma

Policarpo, con un sorriso di profonda commiserazione:

- È naturale: tu ignori che cosa sia un termometro, il tuo caldo non è che un, frutto della tua ignoranza!

La famiglia De-Tappetti entra in possesso della palazzina.

- Papà! quanto è brutta! - esclama il piccolo Agenore.

- Dio mio! - mormora la signora Eufemia; - mi pare una spelonca da ladri.

- Voi vi fermate alle apparenze - brontola Policarpo; - voi non cercate che l'opera dell'uomo, innalzate invece le vostre menti a contemplare la bellezza della natura.

La catapecchia, del resto, sarebbe comodissima, se non mancasse di tutto, specialmente di mobilio. Rosa accende il fuoco, e la palazzina si riempie di fumo. I De-Tappetti sono costretti a fare un cenino all'aperto, con cinque uova al tegame, e un po' di prosciutto. All'ora delle galline vanno a letto. Rosa dorme in cucina sopra un pagliericcio e Agenore nella stanza superiore, sopra sei sedie, rese soffici da una quantità di stracci e di giornali vecchi.

Prima di coricarsi, Policarpo scrive al suo capo d'ufficio il seguente biglietto:

"Illustre Signore!

"Ho preso oggi possesso del mio villino

"di Frascati. Non è una gran cosa; è una

"modesta palazzina da povera gente come

"siamo noi; ma tutte le volte che V. S.

"Ill.ma ci volesse onorare di sua presenza

"sarei lieto di porre un appartamento a

"sua disposizione.

"Umilissimo servo

"POLICARPO DE-TAPPETTI."

- Ma che fai? - gli dice la moglie, diventi matto?

- Mi fo un merito senza costo di spesa; il principale non accetterà mai e poi mai la mia graziosa offerta.

Indi Policarpo si sveste e sale a letto: un letto alto quanto l'arco di Tito, con durezza analoga, e travertino. Poco dopo è quasi colto da vertigini, e prima di chiudere gli occhi, formula questa preghiera:

- Signore! fate che domattina io riesca a ridiscendere sulla superficie della terra.

V

Gli amici.

L'erbarola ha detto alla fornaia:

- Proprio vero, sapete! il signor Policarpo ha affittato una magnifica casina di campagna, ma una cosa che, dice, bisogna vedere.

- Come faccia a spendere quella famiglia, io non lo so. Io che non sono ricca, ma, infine....

- Eh, vorrei averne io la metà!

- Insomma si vive abbastanza bene; un po'di quattrini in disparte ce l'ho.... e grazie a Dio, debiti non ne ho fatto mai. Dicevo, dunque, che in campagna al giorno d'oggi, per chi non voglia sfigurare, ci vuole un sacco di denari. Io lo so, perché quando sono stata a Nettuno, in due mesi ho speso piú di cinquanta scudi.

- Notate poi, che la signora Eufemia, a quanto m'ha detto il cicoriaro, fa un lusso strepitoso, e la sua serva sostiene che, la mattina, quando si leva, infila un abito di seta marron, ch'è cosa da rimanere tonti.

- Perdio, che razza di sprechi! e dire che l'ho conosciuta, io, che non aveva neanche camicia indosso.

- Eh! già: è appunto in.... questi casi che arrivano le risorse, quando meno ci si pensa.

Discorsi quasi simili avvengono tra l'oste e il salumaio; tra il droghiere e il merciaio, tra il macellaio e l'orzarolo. In questi giorni, il villino De-Tappetti, sulle bocche del vicinato, è salito alle proporzioni gigantesche del palazzo reale di Caserta; l'erbarola è convinta che la signora Eufemia si cambi, ogni quindici minuti, un abito di seta marron.

Sabato, il povero Policarpo, ricevè questa cartolina postale:

Di casa, 13 Agosto.

"Chaco amicco!... Veniamo con questa

"a dirte che sttiamo Bene tutte cuante,

"come spero di Te, con la tua siniora e il re-

"gazzino. Dichome è positivo che vi nuoiate,

"abbiamo pensato di farve un improvissata

"per la madona d'Agosto venendo - che

"siamo in Domenica - tuttin sieme, Vale

"a dire la mi ammoglie con Augusto, e li

"nostri vicini, la famiglia Pulitano, indove

"che cè pure la Sora Amalia, e si farà

"molta allegria che portiamo noi due polli

"e che ti ringrassio dell'hamicizia Tanti

"saluti.

Fessio natissimo COLANDREA."

De-Tappetti resta pietrificato. La signora Eufemia non trova, in mezzo a tanto dolore, una parola di conforto. Non proverebbe spavento maggiore, se le dicessero che la sua veste di seta marron esiste realmente, e che si è macchiata d'olio sul davanti.

È domenica. Tutta la famiglia De-Tappetti sta in piedi fino dall'alba. Policarpo, ogni cinque minuti, alza gli occhi al cielo nella speranza d'una burrasca che mandi a monte ogni cosa. Il cielo invece è così beffardamente sereno, che mette l'urto di nervi. Eufemia dà ordini alla serva; ma Policarpo non dà quattrini.

Perciò si passa di modificazione in modificazione. Lunga e dolorosa è la compilazione del menu, che resta fissato in queste proporzioni: due chili di carne, due di fettuccine, dieci soldi di formaggio, tre litri e mezzo di vino, con incarico a Rosa di allungarli in sei bottiglie; infine otto soldi di frutta, piú tre soldi di pizzutello, per procurare una conveniente colica ai ragazzi. Agenore ha l'incarico di togliere i sassi dal giardino. Rosa leva le ragnatele dalla cucina, Policarpo, con metodica regolarità, pianta una serie di chiodi nelle gambe vacillanti delle sedie, con la speranza che ne derivi qualche strappo ai calzoni del Colandrea o del Pulitano. Si fanno sforzi inauditi per dissimulare la crollante miseria della casupola; perfino un vecchio scialle di Rosa viene messo, a guisa di cortinaggi, alla finestra della camera da letto. Sopra il giaciglio di Agenore viene posto un mucchio di paglia, e lo si copre di mutande, di camicie, di pedalini, di straccetti, di grembiali, e altro, per far credere che sia la resa della lavandaia.

Suonano le dieci.... le dieci e mezzo....sono quasi le undici.... Policarpo comincia a respirare.

- Ah! forse non verranno, quei birbaccioni.... avranno riflettuto, che, francamente, sarebbe un incomodo troppo grave..... quel Colandrea è uomo di buon senso.... fors'anche avranno perso il treno....

Ma ecco Agenore che viene gridando.

- Eccoli che arrivano!

- Il diavolo se li porti! indiscreti, scrocconi, villanacci, infami! - strilla Policarpo, indi correndo incontro alla signora Paolina Colandrea, alla signora Amalia Codarelli, alla signora Eulalia Pulitano:

- Ma che dolce sorpresa! ah! una magnifica improvvisata.... avete fatto bene....è una gran prova d'amicizia; entrate, accomodatevi; Rosa! prendi i cappelli.... dia pure a me, signora Eulalia.... ecco, prendi, mettili al piano superiore.

- Ho detto.... andiamo a fare una visita a Policarpo - esclama Tonio Colandrea, omaccione dalle larghe spalle.

- Benone.... benone.... ne sono incantato! - balbetta Policarpo, ma viene interrotto dalle grida e dai pianti del piccolo Augusto.

- Che hai, che strilli in questo modo? - gli domanda la signora Paolina.

- Agenore m'ha messo in bocca una manata di terra.

- Agenore! - grida severamente il padre - è questa dunque l'educazione che t'insegno? Ricordati bene che l'amore del prossimo è la prima cosa. Chi dimentica le massime paterne, si trova sempre esposto alle torture del rimorso, come pure a un paio di calci, che ti darò senza pregiudizio di un altro paio che tu potrai ricevere, a sussidio di questi miei insegnamenti.

La signora Eufemia, con impetuosa rapidità, affinchè non si possano fermare all'esame dei dettagli, fa visitare agli ospiti la casuccia e il giardino. La famiglia Colandrea scambia occhiate e sorrisi epigrammatici con la famiglia Pulitano, mentre va soffocando di complimenti esagerati la povera Eufemia, che suda sangue come Cristo nell'orto.

- Ma che bella casina! quant'è pulita! quant'è ariosa con tutti i comodi!

Finalmente si va a tavola. Gli uomini si sono messi in maniche di camicia. I coniugi De-Tappetti hanno, in luogo dei tovaglioli ceduti agli ospiti, due asciugamani sulle ginocchia. Rosa versa abilmente una porzione di fettuccine sull'abito sgargiante della signora Amalia. Nestore Pulitano rovescia una bottiglia di vino e Policarpo esclama con le lacrime agli occhi:

- Non è niente, allegria!

Tonio Colandrea comincia uno dei suoi invariabili discorsi:

- Una volta è accaduto lo stesso nel 65.... anzi no, nel 72: eravamo in casa di Atanasio, quello che ha sposato la figlia di quel droghiere, che aveva due case, una in via Rasella, e l'altra.... non mi ricordo piú, quel droghiere che era il nipote di Boccolini il notaio.... Boccolini per Dio!.... il famoso Boccolini, quello che sua moglie si faceva corteggiare dal giovane Alessi.... Alessi, quello di borsa.... che suo padre - figuratevi! ci davamo del tu - vendeva pannine all'angolo di via dei Coronari.... come? il vecchio Alessi? che aveva tre figlie una delle quali maritata col segretario del principe di Cassano, è impossibile che non l'abbiate conosciuto.

Paolina Colandrea non parla d'altro che del gran caro dei viveri. Nestore Pulitano, il barbiere, passa in rassegna i suoi avi, risalendo all'epoca delle crociate, mentre Eulalia Pulitano esclama, ogni tanto, meccanicamente:

- Era una grande e nobile famiglia quella dei Pulitano!

La vedova Amalia Codarelli non parla mai.

A un tratto Agenore fa strillare il piccolo Augusto, come un demonio.

- Che hai?

- M'ha cacciato in bocca un mucchio di ragnatele.

- Agenore! - grida con voce stentorea Policarpo; - scendete subito di tavola e venite a ricevere, da figlio obbediente, quei due calci che vi spettano, e che un padre deve inculcare, nei piú gravi momenti della vita, alla propria figliuolanza.

Il pranzo è finito. Gli ospiti se ne vanno in fretta e in furia. Eufemia bacia le donne, mostrando sugli occhi il pianto dell'amicizia. Policarpo stringe la mano agli uomini, dicendo:

- Venite pure tutte le domeniche.... Venite, per amor di Dio.

Indi rimasto solo:

- Se avessero il coraggio di ritornare, sento che offrirei loro un piatto di fettuccine all'arsenico.

Rientrando in casa, egli vede Agenore immobile a capo chino, in mezzo alla cucina.

- Che fai?

- Aspetto due calci, papà!...

E Policarpo dolcemente:

- Va pure a riposare, figlio mio; te li darò domani, a colazione.

Ruoli organici.

Policarpo De-Tappetti ha letto sui giornali che all'ordine del giorno della Camera erano comparse quelle cose girevoli che si chiamano i ruoli organici.

Policarpo ha provato, nelle sue viscere di impiegato straordinario, un rimescolio a cui non doveva certamente essere estranea, insieme con l'affezione rispettosa verso i proprii superiori, una zuppa di fagioli andata a male, per colpa della serva, la quale ha stretto col garzone del salumaio un'untuosa relazione, di cui non si darà certo lettura in apposita commissione parlamentare.

Policarpo De-Tappetti, forte della sua lunga e provata devozione agli ordini costituzionali, ha comunicato al suo caposezione, per debito d'ufficio, una regolare e documentata flussione di denti, grazie alla quale egli ha potuto assistere alla seduta, sia per acquistare la convinzione personale dell'esistenza dei ruoli organici, sia per abituare suo figlio Agenore alla religione d'un progetto di legge, che potrà essere discusso nei giorni in cui Policarpo De-Tappetti sarà sceso sotterra, lasciando un'eredità di affetti e di scarpe di panno, mentre suo figlio Agenore De-Tappetti tirerà il carro dello Stato, o altro veicolo congenere e non meno nazionale.

Policarpo è alla tribuna pubblica, appoggiato all'ultimo banco, e Agenore, che ha trovato posto nel banco sottostante, si volge al babbo e dice:

- Papà, i fagiuoli mi hanno fatto male.

- Non mormorare, figlio mio: anche nell'umiltà dei fagiuoli c'è qualche volta la mano della provvidenza.

Emesso questo pensiero filosofico, Policarpo si concentra in sé stesso, come, al pari forse di Agenore, udisse qualche voce interna non abbastanza amalgamata con quella della coscienza.

Comincia intanto la discussione sugli organici.

- Papà! - domanda Agenore, reprimendo un moto dell'anima, che somiglia ad un sospiro - papà mio, me li fai vedere i ruoli organici?

- Figlio mio: i ruoli organici sono una cosa essenzialmente immateriale: nessuno li può vedere e, purtroppo, nessuno li può toccare. Guarda piuttosto il deputato Plebano, che parla adesso sopra i pubblici bisogni; egli era l'unica persona che avesse - un Avvenire sul quale ha scritto tanti articoli, a favore di noi poveri impiegati; ma ormai non c'è piú avvenire disgraziatamente per noi, e grazie al cielo neanche per lui.

Momento di pausa.

- Ascolta, bene quello che dice l'onorevole Plebano; gli organici non potranno mai essere cosa seria e stabile, se non si organizzano prima i pubblici servizi i quali non rispondono ai pubblici bisogni.

- Papà, quand'è che si provano i pubblici bisogni?

- È meglio passarci sopra, figlio mio; l'argomento è troppo grave. Quando un regnicolo ha un bisogno, questo non è che un bisogno privato, poichè deriva appunto da una privazione. Ma se, invece, un popolo, compenetrato nella propria esistenza di consorzio civile, s'inculca bene nel potere legislativo, e manomette le riforme organiche delle tabelle definitive, allora tutti provano qualche cosa che non si spiega, la quale sarebbe appunto un pubblico bisogno, che deve corrispondere ai pubblici servizi.

- Corrispondere.... che cosa?

- Mi spiegherò con un esempio: un cittadino morigerato prova un bisogno pubblico. Che cosa fa egli in simile frangente? ricorre, col rispetto che si deve, al potere legislativo, e gli dice: io ho il tale bisogno pubblico, la mi faccia un po' lei corrispondere a quel servizio che di dovere.

- E allora?

- Allora il potere legislativo lo manda a quel servizio.

L'onorevole Treppunti intanto dice che non capisce come si vogliano migliorare gli stipendi senza migliorare i servizi; l'onorevole Cavalletto parla della piaga dei sollecitatori e del sospetto di corruzione; l'onorevole Fortis raccomanda la sorte degli impiegati straordinari; l'onorevole Zeppa sostiene che la sinistra ha migliorate le condizioni della travetteria, e Policarpo De-Tappetti, che ha paura di perdere ogni speranza, comincia, non foss'altro, a perdere la testa.

Agenore, intanto, torcendosi e facendo qualche cosa che somiglia a un singhiozzo, esclama:

- Papà! i fagiuoli.

- Agenore! - risponde Policarpo con accento d'ineffabile malinconia: - ti prego di sospendere, momentaneamente le dolorose manifestazioni di un animo, turbato da legumi troppo coriacei. Noi ci troviamo davanti a un'assemblea legislativa che sta votando un milione in nostro favore....

- Un milione?

- Si, figlio mio!... un milione, di cui non avrò, naturalmente, neanche un soldo; ma è sempre decoroso, per una famiglia come la nostra, avere partecipato moralmente, idealmente, al possesso d'un milione.

- Dimmi, papà: con questo milione, mi comprerai qualche cosa?

Policarpo intenerito:

- Sì, figlio mio, ti procurerò qualche divertimento: domani ti porterò al Pincio a vedere il tramonto. È bene che gli animi dei giovincelli si ritemprino ai grandi spettacoli della natura.

Il Natale.

È la mattina di domenica. Dalle nove alle undici, consulto tra Eufemia, Policarpo e Rosa, per decidere il programma del pranzo natalizio. Solamente alle undici e un quarto la lista definitiva rimane composta così, a base di patate:

Gnocchi al sugo,

Patate con contorno di pollo,

Arrosto di manzo con contorno di patate,

Patate fritte con contorno di spinaci,

Cicoria e patate per insalata,

Mezzo fiaschetto di Aleatico,

Caldallesse, invece di marrons glaces troppo indigesti,

Sei soldi di cialdoni,

Tre mele e quattro soldi di formaggio.

Policarpo vorrebbe aggiungere alla lista due tazze di caffè: ma resta spaventato dalla propria audacia.

Combinato il pranzo, la famiglia De-Tappetti procede al proprio abbigliamento festivo. Agenore, col pennello da barba, insapona religiosamente una spalliera di seggiola, e ogni tanto strilla, con voce acutissima:

- Papà, oggi che è Natale, mi ci porti al teatro meccanico?

Policarpo fruga in ogni ripostiglio e grida:

- Eufemia.

EUFEMIA. - Che hai, che strilli?

POLICARPO. - In nome di quei doveri di sposa e di madre, a cui si deve ispirare la tua condotta, mi sai dire dove diamine hai ficcato il lustro per le scarpe?

EUFEMIA (alla serva). - Rosa: dove avete messo il lustro per le scarpe? dov'è il mio talma, quello con le perline nere?

POLICARPO (esterrefatto). - Gesummio! Si sarebbe perduto il tuo talma! dunque la mia famiglia è sopra un abisso?

AGENORE. - Papà oggi ch'è Natale, mi ci porti al teatro meccanico?

Policarpo, volgendosi verso Agenore, lo vede piú che mai dedicato all'insaponatura della spalliera, e gli grida:

- Nequitosa creatura, tu sperperi in tal modo quella schiuma che è precisamente destinata al mento del genitore? e tu mi rovini, con tanta animadversione, quella seggiola, che servì di base alla santa memoria di tuo nonno? e tu manometti con precoce impulso di brutale malvagità, quel pennello cui può solamente adibire la barba paterna?

EUFEMIA (minacciando Agenore). - Metti subito via il pennello se no ti tiro quello che mi viene alle mani.

POLICARPO. - Ed io quello che mi viene ai piedi, che poi sarebbe il frutto della mia legittima indignazione.

La serva con faccia stordita, esce, tutta impolverata, dalla cucina e dice:

- Signora, il lustro non si trova.

POLICARPO. - Come: non si trova? Bisognerà trovarlo per forza. I miei mezzi non permettono enormi spese voluttuarie in tante scatole di lustro. Ne abbiamo comprata una, che non sono neppure tre mesi. (agitato da fiero sospetto) Ma dunque voi me lo mangiate?

AGENORE. - Papà: oggi che è Natale mi ci porti al teatro meccanico?

La signora Eufemia, tutta rossa, scalmanata:

- Ecco qua: l'ho trovato io il lustro, (porgendolo a Policarpo) era fra le tue carte.

POLICARPO (alzando il lustro e gli occhi al cielo). - Fra i miei documenti! Fra quelle pagine immarcescibili, che sono il testimonio oculare della mia integrità cittadina! (principiando a lustrare) Un giorno, di questo passo, lo troveremo nella sporta del pane, o nella concolina in cui ci laviamo le fisonomie familiari, o su quel cuscino, ch'è il capezzale delle mie notti. Eufemia: casa De-Tappetti è nella piú assoluta decadenza. (scopettando con rabbia) Agenore: lascia stare il gatto! Te l'ho detto cento volte.

AGENORE. - Papà: l'ho mandato via perché era sullo scendiletto e stava facendo....

POLICARPO (con amarezza). - Anche l'altro giorno era sul mio soprabito blú e fece....quel gatto non ha principio di educazione!

AGENORE. - Papà: oggi ch'è Natale, mi ci porti al teatro meccanico?

POLICARPO. - Quanto sei noioso e degenere, figlio mio!

EUFEMIA (irritata). - E tu rispondigli una volta, senza farlo svociare.

POLICARPO (al figlio). - Che vuoi? parla! e parla senza omologare di singhiozzi il tuo ragionamento.

AGENORE. - Papà: oggi ch'è Natale, mi ci porti al teatro meccanico?

POLICARPO (con voce solenne). - Prima di tutto, dobbiamo andare a spasso, e per via decideremo quale spettacolo convenga alla puerizia. I soli divertimenti educativi dovranno, onestamente, ricreare questo connubio nell'atto che, manoducendo la sua prole, si permetterà di gavazzare, senza intempestivo dispendio.

Entra Rosa con un cencio nero in mano, che butta in braccio alla signora Eufemia.

ROSA. - Ecco il talma con le perline nere.

EUFEMIA. - Dov'era?

ROSA. - Era.... era....

POLICARPO. - Siate veridica nei vostri domestici referti.

ROSA. - Io non so chi ce lo abbia messo, ma era sulla cesta del carbone.

EUFEMIA. - Il mio talma sulla cesta del carbone!.

POLICARPO. - Il carbone sul talma della cesta di mia consorte?

Rosa sparisce di corsa, in cucina.

Policarpo fissa sul talma due occhi pieni di lagrime.

La signora Eufemia incretinisce a vista d'occhio.

POLICARPO (con gesto pieno di nobiltà e di energia). - Mostriamoci forti e parati sempre, nelle piú dure controversie della vita. Mettiti quel talma che ci costa tanti dolori e usciamo. Nulla turbi la nostra festiva giocondità natalizia.

La signora Eufemia eseguisce meccanicamente. Escono tutti e tre. Poca gente nelle vie.

Policarpo trascina Eufemia, che trascina Agenore, che trascina un carrettino sfiancato mediante un pezzo di spago.

La famiglia De-Tappetti si reca al Pincio. Sono le dodici e mezzo, e in tutto il Pincio non si vedono dieci persone. Policarpo costringe il figlio a leggere i nomi dei grandi uomini in marmo; indi gli infligge un'ammirazione di un quarto d'ora avanti ai cigni del laghetto. In ultimo dilapida la somma di tre soldi per procurargli cinque minuti d'altalena.

Dal Pincio, la famiglia De-Tappetti corre a San Pietro. Sulla piazza non c'è anima viva. Policarpo spiega il sistema ingegnoso col quale fu eretto l'obelisco, mediante funi riscaldate, secondo lui, mentre il Papa gridava: Fuori i barbari!

Da San Pietro, la famiglia De-Tappetti corre a piazza di Termini per vedere i cartelloni del serraglio delle belve.

Da piazza di Termini, la famiglia De-Tappetti corre nella chiesa d'Aracoeli, dove Agenore declama la seguente poesia davanti al presepe:

Queste feste natalizie

Faccia il ciel che concilii

Le sue grazie piú propizie

Come ciò che ci ha concesso

Dopo avercelo promesso

Ch'apparisce alla capanna

E nascesseci il Messia;

Tra gli evviva tra gli osanna

Gridiam tutti e così sia.

Versi, manco a dirlo, di Policarpo.

Dall'alto della scalinata dell'Aracoeli, la famiglia De-Tappetti si precipita verso casa.

POLICARPO (con gioia repressa dalla dignità). - Che ne dici, moglie mia? ci siamo divertiti abbastanza?

EUFEMIA (cascando a pezzi). Quanto a me....

POLICARPO. - E tu, Agenore, ti sei divertito?

AGENORE. - No, papà.

POLICARPO. - Ecco le conseguenze dell'abuso dei piaceri! Agenore, ti do cinque minuti di tempo, per rettificare la tua primitiva asserzione.

AGENORE. - Ma io mi sono seccato.

POLICARPO. - E io, forse, non mi sono seccato piú di te? Ma oggi è festa, e tu devi imitare la paterna ilarità. Ti ordino di essere contento, e di abbandonarti a segni di giubilo manifesto. Vuoi ubbidirmi, sì o no?

AGENORE. - Ti ubbidisco subito, papà.

E si mette a piangere come una fontana.

VIII

De-Tappetti al veglione.

Sono le otto di sera e la signora Eufemia De-Tappetti non connette piú. Agenore salta sulle sedie. Policarpo ha promesso di condurli, tutt'e due, al veglione del Costanzi.

La seta di un vecchio ombrello, prendendo la forma d'un prodotto assai comune della ceramica nazionale, sarà la cuffia della signora Eufemia: il resto del costume da maschera è composto d'una cortina e d'un vecchio scialle a scacchi neri e rossi, ridotto a qualche cosa che potrebbe essere classificata appena tra il domino e il sacchetto della tombola.

Il costume di Agenore è, forse, meno splendido quanto ai particolari, ma di elegante e incantevole semplicità.

Egli ha indosso un paio di mutandine sue, una camicia della mamma legata alla cintura; un cachenez di papà messo a tracolla; infine un cappello conico, formato di gazzette, incollate una sull'altra, con rabeschi di carta dorata, il cui costo non può essere inferiore ai due soldi, senza contare una costellazione d'ostie da lettere, attaccate

dalle mani stesse del genitore.

Il quale, quanto a sé stesso, ha deciso di non alterare le proporzioni quotidiane della persona.

Egli ha detto:

- Un funzionario dello Stato non può comecchessia obliterare la compagine individuale, e tu stesso, figlio mio, impara che, arrivati ad una certa età, se continui ancora a mangiare le ostie del cappello, ti

mando subito a letto su due piedi, e anche sopra il mio.

L'andata dei coniugi De-Tappetti al veglione è un avvenimento per il vicinato.

La signora Eufemia, verso il meriggio, era scesa a comprare spilli e fettuccie, spesa molto notata dalla cicoriara che sta sul portone; e poi la stessa signora Eufemia aveva detto al norcino:

- Piú tardi manderò la serva a prendere una costoletta di maiale; badate che sia buona, poiché stasera dobbiamo andare al Costanzi.

Al momento della partenza, casa De-Tappetti pare una maledizione. Policarpo, con gli occhi di fuori, ha un pezzo di sapone in una mano e la scatolina del grasso lucido nell'altra. Agenore strilla che gli cascano le calze. Policarpo sputa sul sapone, e lo strofina contro le scarpe. Accortosi dello sbaglio, butta lungi il sapone, corre alla catinella, e vi immerge la scatola del grasso lucido, per lavarsi le mani.

La signora Eufemia pare una spiritata: ella non fa che gridare:

- Dio mio, questi balli saranno la mia rovina.

Finalmente tutto è in ordine. La signora Eufemia s'è messa in testa la cuffia, e Agenore ha mangiato le ultime ostie rosse. Policarpo dà il braccio destro alla sua signora, prende per mano il bambino, e scendono in istrada, fra i susurri delle lavandaie, della cicoriara, del norcino e dell'orzarolo, il quale si mette a gridare:

- Fate largo, che passa il tabernacolo.

Trafelati, con la lingua di fuori, le scarpe piene di fango, i De-Tappetti arrivano al Costanzi, dopo un'ora di cammino.

Ballottato dalle maschere, trascinato in mezzo a ondate di giovanotti, Policarpo conserva, a stento, la sua proverbiale dignità. Dopo una quantità di guai, i coniugi De-Tappetti riescono a penetrare nella platea. La signora Eufemia resta incantata. Dice che le pare di essere in chiesa. Agenore non vede nulla e pretende di salire sulle spalle del babbo. Policarpo resiste, Agenore piange e pesta i piedi. Per farla finita, Policarpo lo prende in collo. Ma una quantità di maschere circonda la famiglia De-Tappetti e le dà la baia. Policarpo alzando gli occhi al cielo ha la fortunata ispirazione di salire in galleria.

Quivi respira. Eufemia si mette a sedere, Agenore può vedere tutto quanto, e tempesta di domande il genitore.

- Papà! che cos'è quella luce bianca?

- È la luce elettrica.

- Come la fanno?

- Mediante una combinazione chimica: si mettono a bagno i carboni, s'avvicinano i poli, s'accende un fiammifero davanti a uno specchio, si gira la corda di bengala, e allora viene l'ingegnere Sfondrini, e dice: questa è la luce elettrica.

- Anche il gaz è una luce elettrica?

- No, figlio mio. Il gaz non è altro che il risultato della compagnia che lo fabbrica, e che si chiama gazometro: poi lo chiudono nei tubi, e lo portano al Municipio, chi ne vuole va dal sindaco, paga, e si fa dare la pressione, che gli serve anche di ricevuta.

- Papà! guarda quella mascherina bianca.... la vedi? perché quel signore le ha dato un bacio?

- Egli è un suo fratello, che le dà l'addio, essendo in procinto di partire per l'America.

- Policarpo - bisbiglia la signora Eufemia con accenti di terrore - mi si sono rotti parecchi uncinetti: mi casca.... Tutto quanto....

- Per amor di Dio!

- Vedi un po' di trovarmi degli spilli!

- E dove vuoi che te ne trovi?

- Papà: che significa tutte quelle figure nel soffitto?

- Sono le nove muse... dovevi badarci prima d'uscire di casa.... quelli sono i cavalli che tirano i carri del sole.... ti casca sempre qualche cosa!.... quest'altro è il genio della commedia.... bella figura facciamo, perdio!... il mare coi cigni rappresenta la mitologia.... vedi, se puoi aggiustarti in qualche modo.... e quelle nere che ballano, sono altre nove muse.... ce la fai! ce la fai?

- Non è possibile.

- Papà, papà.

- Ma stai zitto un momento, non vedi che la mamma si demolisce?

I coniugi De-Tappetti scendono con precipitazione. La signora Eufemia si regge le gonnelle, Agenore si fa trascinare come un carretto e giunto nel vestibolo, indica la statua di Giulio Cesare e grida:

- Papà, chi è quell'uomo nero?

- Quell'uomo è un imperatore romano, il quale.... il quale....

- Il quale che?

- Il quale, figlio mio, se me lo domandi ancora una volta t'arriva un paio di schiaffi

IX

Rivolta femminile.

Sono le otto e tre quarti di sera. Sul tavolino, coperto da un vecchio scialle a scacchetti verdi e turchini, risplende un lume a petrolio col piede lucido per l'untume, il cristallo incrinato e un giornale ridotto a paralume col sussidio d'una spilletta arrugginita e di due mollichelle di pane masticato. Questo paralume, da oltre due anni, forma l'orgoglio dell'autore, Policarpo De-Tappetti, il quale, con gli occhiali sul naso e il labbro inferiore penzoloni, sta rifacendo la punta a un par di vecchi pedalini che paiono rosicchiati dai sorci. Agenore, con un paio di forbicette, fa una quantità di ritagli di carta, ai quali, mentalmente, si propone d'appiccare il fuoco, appena i genitori abbiano voltato le spalle. La signora Eufemia, vestita di percalle a righe pistacchio, è sprofondata nel vecchio monumentale seggiolone comprato all'asta pubblica per lire 14,75, e destinato a serbatoio di pulci per uso esclusivo della famiglia. La signora Eufemia è assorta nella lettura di un mezzo foglio, dentro al quale Rosa ha portato la senape destinata ai pediluvii di Policarpo.

L'attenzione della signora Eufemia è concentrata su questo breve resoconto:

- Domenica le donne radicali di Parigi tennero un gran comizio. Luisa Michel teneva la presidenza. Era vestita di nero. Essa disse: "È giunta l'ora della rivolta per le donne. Il codice civile è fatto contro di lei; essa lo deve riformare. Se essa lo avrà sarà libera. Vi dovete rifiutare a lavorare se non vi pagheranno come volete". Martel disse: "L'uomo è un animale tanto basso, che non ve n'è alcuno che lo equipari. Mercanteggia il cibo alla donna, quando non glielo ruba". Un'altra donna, la cittadina Grippa, disse: "Rifiutatevi di dare i vostri amplessi agli uomini. Non siate piú operaie, se non vi mettono allo stesso livello dell'uomo: non siate piú donne perdute: scioperiamo. Lo Stato dovrebbe indennizzare la donna tutte le volte che questa prestasi a farsi fecondare".

Questa lettura getta il turbamento nel cervello ancora verginale, nonché idiota, della signora Eufemia, mentre Policarpo, da cinque minuti sani, si riprova inutilmente a introdurre il filo nella cruna dell'ago. Agenore, con la fatale irriverenza di questo secolo, guarda gli sforzi del genitore con sorriso di scherno.

Policarpo ci si prova ancora sei o sette volte, poi si inquieta e dice a Eufemia:

- Fammi il piacere d'infilarmelo tu, perché io non ce la fo.

E volgendosi al piccolo Agenore:

- E non è lecito a qualsiasi prole ostentare la prevaricazione d'una perniciosa ilarità, mentre il genitore è periclitante nell'adempimento delle sue funzioni notturne, hai capito?

E poi alla moglie:

- Eufemia! Saresti dunque sorda alla voce, del dovere nonché a quella del tuo consorte?

Eufemia trasalendo:

- Che vuoi?

- Infilare quest'ago.

La signora Eufemia, con accento pieno di amarezza:

- Riformate prima il codice civile, o Policarpo, e poi v'infilerò.

Policarpo, stupefatto, guarda fisso il paralume, poi guarda Agenore, che guarda la mamma, che guarda Policarpo, che dice:

- Eufemia, rientra in te stessa, tu sei evidentemente sotto l'erubescenza. d'un sogno. Guardami bene: io sono Policarpo tuo. Tu ti trovi nel santuario della tua famiglia, e questi pedalini stessi (agitandoli) rappresentano uno di quei teneri vincoli sui quali riposa il matrimoniale consorzio. Eufemiuccia! dà un poco di pizzichi alle tue sembianze e riconduci la mente sul sentiero della realtà e di questo salottino dove aleggia la domestica gioia e dove anche la domestica dorme sul canapè. Eufemia! infilami l'ago....cidenti! m'è cascato!

Policarpo si mette pecoroni alla ricerca dell'ago, che dev'essere sparito in una delle tante crepe polverose dell'ammattonato.

Eufemia, guardando il marito carponi, si fa rossa d'indignazione e borbotta:

- Martel ha ragione. L'uomo è un animale tanto basso che non c'è alcuno che lo equipari.

Policarpo s'insinua sotto il tavolino e riceve dal figlio Agenore, una pedata sopra un occhio. Il genitore, offeso, irritato, alza la testa, batte nel tavolino, si fa un bernoccolo, il lume traballa, minaccia di rovesciarsi e Policarpo strilla:

- Figlio sciagurato!. Tu vuoi dunque abbandonarti al massacro di chi t'ha dato la vita? (uscendo di sotto alla tavola) Tu hai attentato al lume dei miei occhi e a quello a petrolio, che avrebbe potuto distruggere nelle fiamme il nostro modesto patrimonio e anche il matrimonio, te compreso, mostro d'ingratitudine chi t'ha insegnato di venire alle mani coi piedi?

Policarpo alza sopra Agenore un braccio minaccioso, precursore d'uno schiaffo paterno.

Agenore scappa in cucina.

Eufemia corre nella camera da letto esclamando.

- Dire che mi sono prestata a farmi fecondare da un uomo simile e.... senza indennità governativa!

Policarpo rimane atterrito, estatico, davanti alla scomparsa fulminea dei membri della famiglia.

Per un momento, egli crede d'esser ecceduto nell'esercizio della paterna potestà, e mezzo tonto, entra nella camera da letto. Eufemia, curva sui cuscini, pare oppressa dai singulti. Policarpo la piglia dolcemente sotto le ascelle, con movimento di burocratica tenerezza.

Memore delle parole della cittadina Grippa, Eufemia si rivolta come una biscia e dice a Policarpo:

- Tutto è inutile, o signore! io rifiuto di dare i miei amplessi agli uomini. Io comincio a mettermi in isciopero.

- Eufemia! - dice Policarpo, trasognato - tu non sai quello che dici. La tua esagitata parola dimostra l'abrogazione delle tue facoltà mentali. Eufemia! guardami: guardami bene.... sono Policarpo.

- No; tu sei un animale tanto basso, che non vi è alcuno che ti equipari.

- Ma no: Eufemiuccia! io sono Policarpo tuo, sono quel Policarpo identico al quale sei unita in nodo indefettibile: raccogli i tuoi ricordi! tu hai associato la tua vita integerrima alle mie immacolate generalità, e questa unione è stata fecondata.

Eufemia con accento drammatico:

- Arrestatevi; io non intendo piú di prestarmi, a farmi....

- Eufemia: tu dunque vuoi postergare i santi doveri di sposa e di madre?

- Voglio essere posta allo stesso vostro livello

- Come! tu vorresti emarginare le pratiche? le circolari? archiviare gli atti? protocollare delle evasioni?

- Voi avete fatto il codice civile contro di me! - urla donna Eufemia.

- Signora! - conclude gravemente Policarpo - voi accusate un pubblico funzionario d'avere manomesso il palladio della convivenza civile, e questo è il colmo dell'animadversione, contro gli ordinamenti sociali. Voi offendete, in me, il funzionario, il marito, l'uomo, il Policarpo, voi, voi che dovreste essere l'angelo del cubicolo familiare, voi che....

Dopo un minuto di riflessione: - Fra noi due dovrà, ulteriormente, intercedere una separazione di beni e di toro....

- Ma che toro! - esclama Eufemia. - L'uomo è un animale così basso che non c'è toro che lo equipari.

X

Agenore smarrito.

Sono le nove e tre quarti di sera. Casa De-Tappetti è immersa nella piú profonda costernazione.

La serva, seduta nel cantone piú oscuro della sala da pranzo, appoggia la fronte sopra la spalliera e dorme in preda alle piú strazianti inquietudini.

La signora Eufemia - dimentica di ogni delicato senso di pudore - è mezzo vestita e mezzo no, e il suo seno potrebbe presentare ancora qualche attrattiva agli occhi autorevoli di Policarpo, s'egli non si ostinasse a fissarli sui propri stivali con una costanza degna di migliore scarpa.

La signora Eufemia, ogni tanto, fa un salto alla finestra, e guarda, con rapido movimento di testa, ai due lati della via.

Indi, ritorna mestamente accanto a Policarpo che continua a considerare le proprio scarpe sotto un altro punto di vista, piú patriottico, ma non meno doloroso del precedente.

Policarpo, con voce cavernosa:

- Hai visto niente?

- Niente; povera creatura.

Policarpo, reprimendo i singulti:

- Era il nostro amore! Era il nostro sangue, Eufemia! Era il mio ritratto! Il mio animo di padre è straziato nelle sue viscere immediate! Dio, abbiate pietà di noi; io non domando al cielo che una grazia sola: ricuperare mio figlio, per abbracciarlo teneramente, e metterlo, dieci giorni, a pane e acqua.

Indi, volgendo gli occhi sopra la serva:

- Oh femmina religiosamente devota ai doveri di cittadina e di domestica! La tua vita è un sacerdozio, che mantiene acceso il sacro focolare della famiglia, e comprende nel salario gli affetti d'un vergine cuore, retribuito mensilmente con pari tenerezza. Guarda, moglie mia, la povera Rosa. Ella non ha piú il coraggio di pronunciare una qualsivoglia parola. La commozione la opprime.

- Perdona, amico mio, a me pare che russi.

- T'inganni! non è che il rantolo d'un cuore esulcerato.

La signora Eufemia, sospirando a mantice, ritorna, quasi barcollando, alla finestra.

Policarpo fa due o tre passi, poi s'arretra e dice con accento severo e fatale:

- Eufemia, non è piú tempo d'esitare. Io devo perlustrare tutti i sette colli, anche a costo di fiaccare il mio. O ritroverò il nostro caro Agenore, o tu sarai vedova anzi tempo.

- Io ne morirò.

- E io verrò a piangere continuamente sulla tua fossa.

Così dicendo, cadono uno nelle braccia dell'altra.

Per essere storicamente esatto, devo dire anzi che Policarpo, avendo sbagliato la misura, cade invece sopra il lavamani, e manda in pezzi la catinella.

Rosa si sveglia di schianto, e grida:

- Madonna mia, gli spiriti!

E Policarpo, uscendo, con accento filosofico:

- Gli spiriti sono eccessivamente depressi.

E, ricalcando la bomba sin sugli orecchi, scende nella via.

Ah! voi non sapete....

È una storia, questa, lugubre e nazionale. Agenore è fuggito di casa. Il figlio dell'orzarolo gli ha detto che tutte le sere c'è una dimostrazione, con squilli di tromba, e Agenore s'è lasciato incautamente sedurre da quella prospettiva rivoluzionaria. Agenore è fuggito di casa alle otto scusandosi col dire che andava a comprare un soldo di cialdoni.

Come mai l'oculata signora Eufemia ha prestato facile orecchio a così sfacciata bugia?

Come mai ella ha potuto, anche per un momento, supporre che nella vita di Agenore potesse intercalarsi un episodio, rappresentato da un soldo di cialdoni?

Non calunniate questa eccellente madre di famiglia. Il sospetto aveva subito attraversato l'animo suo.¬

- Agenore ha un soldo? Dio mio! si sarebbe egli macchiato di qualche crimine? Ma non può essere. L'avrà trovato per la strada. Ma quand'anche ciò fosse, come mai egli si getta subito in braccio ai bagordi, alla disperazione, al libertinaggio?

- Agenore, Agenore!

Hai tempo a strillare! Agenore è già lontano, Agenore è già a piazza Navona, insieme col figlio dell'orzarolo, suo compagno di traviamenti e di perdizione.

Policarpo ferma un agente municipale, davanti a San Luigi de' Francesi, e gli domanda:

- Avete visto mio figlio?

- E chi siete voi?

- Io? io sono un padre infelice.

La guardia si spazientisce e risponde:

- Che vuole che sappia io?

- Ma come! scusate - esclama DeTappetti - non è forse affidata a voi la tutela, la salvaguardia dei cittadini? - Sono o non sono un regnicolo? Voi stesso siete o non siete un regnicolo?

- Badi come parla! misuri le parole!

Policarpo spaventato dalla propria audacia teme di avere offeso la maestà della legge, e fugge mezzo tonto, verso piazza Navona, pigliando di petto tutte le persone.

Appena giunto in faccia alla fontana, sente uno squillo di tromba, e vede un maresciallo che porta via di peso qualche cosa che pare un cencio, mentre invece è il giovane Agenore, figlio unico di Policarpo De-Tappetti.

Quale vista per un padre! quale vista, per un Policarpo!

È questo il punto culminante dell'azione drammatica.

POLICARPO. - Figlio mio!

AGENORE (con voce strozzata). - Papà, mi portano carcerato.

MARESCIALLO.- Ah, è vostro figlio, questo pezzo di birbaccione? - perché non l'avete messo a letto? perché non gli date un po' piú di educazione?

POLICARPO (dignitoso). - Maresciallo, ve ne prego.... non diminuite il mio prestigio davanti a un'indocile prole, che versa a piene mani il disonore sulla mia testa, che un giorno sarà canuta.

MARESCIALLO. - Meno chiacchiere!

POLICARPO. - Rendetemi mio figlio.

MARESCIALLO. - Ma siete matto!

POLICARPO. - L'avete forse colto in flagrante?

MARESCIALLO. - Gridava l'Inno! l'ho udito io.

POLICARPO (rivolgendosi al figlio con tutta l'amarezza d'un genitore offeso e deluso). Agenore! come mai, dopo tanti anni del mio fecondo apostolato, hai potuto emettere gridi sovversivi? come mai ti vedo in mezzo a gruppi di facinorosi? ahi, tu che dovevi essere il bastone della mia vecchiaia!
AGENORE (piangendo). - Lo sarò, lo sarò.

POLICARPO (inesorabile). - Ah, troppo tardi! il bastone della mia vecchiaia piomberà sulle tue spalle.

Momento di pausa e di raccoglimento.

POLICARPO (con gesto autorevole). - Maresciallo: io sono un funzionario del governo; uno zio di mia moglie è amico d'un ministro, del ministro Mezzanotte, buon'anima sua; si davan del tu....

MARESCIALLO. - Vedo bene che lei è un galantuomo.... si prenda pure questo birichino e lo mandi a letto.

Agenore, mezzo sconquassato, passa nelle mani del genitore, che lo afferra per l'avambraccio, e lo trascina verso casa ruggendo:

- Disgraziato, che ci sei andato a fare in piazza Navona?

- A sentire la musica.

- E chi ha destato, nel tuo petto, questi gravi istinti musicali?

- È il figlio dell'orzarolo che m'ha detto che bisognava gridare: Vogliamo l'inno.

- Ma non hai tu riflettuto che il tuo grido offendeva i grandi corpi dello Stato? Ma dimmi: hai tu mai visto che tuo padre anche nelle grandi circostanze della vita abbia mai chiesto un inno? perché hai emesso, dunque, grida sediziose?

Silenzio prudente da parte di Agenore.

- Ah! tu non rispondi? tu ti avvolgi in dignitoso silenzio? Ma io non mi farò illudere da questo tardivo mutismo. Una correzione è necessaria. Vedi tu questa mano?

Gli dà uno schiaffo e conchiude con voce solenne:

- Questa mano impedisce al tuo piede di rimanere, ulteriormente, sull'orlo dell'abisso.

L'istruzione di Agenore.

Il lume a petrolio sopra un sottolume ottagonale, fatto di scatole di cerini appiccicate a un panno, fiammeggia in mezzo alla tavola. Il globo di cristallo smerigliato, è incrinato da cima a fondo e picchiettato di pezzetti di decalcomania, fatica speciale della pazienza e della saliva di Agenore.

La serva, al buio, sbadiglia sull'uscio della cucina.

Policarpo, Eufemia, Agenore, pieni di raccoglimento e di aspettativa, stanno seduti intorno alla tavola, accigliati, preoccupati, come se, da un momento all'altro, attendessero i conforti di nostra santa religione.

Policarpo De-Tappetti è infagottato in un vecchio cappotto militare, comprato a Campo dei Fiori, e trasformato dalla signora Eufemia in veste da, camera, mediante certi paramani gonfi, e un bavero enorme d'un verde cosi sfacciato che la testa di Policarpo, per via di riflesso e d'analogia, pare, occhiali a parte, una gran testa di cavolo.

La toeletta della medesima signora Eufemia è piena di pretese, con una quantità di nastrini e di fettuccie stinte, e con un "fisciú" tutto accartocciato, che pare un gran mazzo d'indivia. Le pendono dagli orecchi due goccie di falso corallo che somigliano, fino all'illusione, a due bastoni di ceralacca

Agenore, come nei giorni di festa, ha la faccia pulita fino al giro del collo. Si notano pure traccie di tentativi audaci ma infruttuosi nella pulitura delle unghie e nella pettinatura dei capelli.

L'orologio della chiesa vicina suona le tre; Agenore le conta. Policarpo segue con tenerezza paterna gli sforzi aritmetici del figlio, poi dice a Eufemia stropicciandosi un occhio.

- Vedrai che non verrà; il tempo è minaccioso, il cielo è intempestivo.

- Papà, - gli chiede Agenore, - ma a che ora ha detto che tu lo aspetterai, con noi, perché lui avesse venuto?

- La grammatica, la grammatica, figlio mio! - esclama Policarpo, con accento di terrore profondo, - ma le tue facoltà commemorative sono dunque cosi fiacche, malgrado le suggestività del tuo genitore? D'onde mai tanta oblivione, mentre ti ho detto di badar bene a quello che dici?

- Ma perché dovessi parlare con la grammatica, se il mio padrino non c'è?

- La vita dell'uomo è unissona, - risponde gravemente Policarpo; - e sia detto per l'ultima volta che, quando in te stesso venisse meno il rispetto ai tempi, io non avrei la menoma oscillazione di tirar bene le orecchie alla tua inconsapevole puerizia.

Agenore che, durante questa predica, ha tenuto l'occhio fisso sopra un insetto alato, che passeggia sul tappeto:

- Papà, le mosche hanno le mani? -

S'ode un passo lento per le scale, virgolato da colpi di tosse e da sospiri asmatici.

- Dev'essere lui! esclama la signora Eufemia, facendosi un pochino rossa in mezzo all'indivia.

Una scampanellata pare confermi l'ipotesi della signora De-Tappetti.

La serva corre, traballando, apre l'uscio e dice:

- Si accomodi, signor cavaliere.

La famiglia De-Tappetti si alza con entusiasmo, si precipita verso il visitatore, lo sbarazza dell'ombrello, del paletot, del cachenez e della tuba, sulla quale Agenore si affretta a disegnare un gigantesco 14 col dito intinto di saliva.

- Oh caro compare! che onore! che piacere!

- Davvero! con questo tempaccio!

- Vi siete bagnato?

- Venite qui, vicino alla tavola.: c'è piú luce, - dice Policarpo con premura., come se lo invitasse ad accostarsi a un caminetto.

E il cavaliere Anassagora Caramelli, compare di Policarpo e di Eufemia, impiegato al fondo per il culto, viene trascinato a una poltrona che si regge per miracolo. Il cavaliere siede, ma si alza di botto, con faccia spaventata e portando una mano sotto la falda del soprabito. L'estremità d'una molla a spirale, fuori di sesto, acuta quanto un cava-tappi, lo ha punto vicino l'osso sacro.

- Che è successo? - chiede la signora Eufemia: - uno spillo forse? una forcinella?

- Non saprei, - risponde il cavaliere un po' confuso, - qualche cosa di pungente che mi è penetrato nel....

- Sedere comodamente, - dice, con intenzione faceta, Policarpo, - è una delle vicissitudini agognate dall'individuo comecchessia lasso di questa, dirò così.... cavaliere, fate il favore, ecco una sedia scevra di qualsiasi punta inopportuna.

Finalmente il cavaliere Anassagora Caramelli è seduto, con tutto il comodo suo. È un tipo né vecchio né giovane, né bello né brutto, né intelligente né idiota. Le male lingue dicono che, prima della nascita di Agenore, Anassagora frequentasse molto casa De-Tappetti, mentre Policarpo stava in ufficio. Certo è che la signora Eufemia si è spesso vantata del compare al quale attribuisce, con visibile compiacenza, patenti di nobiltà.

- Mio compare, - soleva dire. - possiede ancora un seggiolone dei suoi avi, con lo stemma della famiglia sulla spalliera, e c'è una bestia rampante.

- Dunque, - comincia il cavaliere, per iniziare un qualsiasi discorso.

- Eccomi qua, - risponde Policarpo con accento maestoso di Coriolano alle porte di Roma.

- La salute?

- Benone, - risponde sorridendo Eufemia.

- E il nostro piccolo Agenore?

- Il nostro piccolo Agenore adorna l'animo di studii preclari, - dice Policarpo, facendo la bocca a cuore; - vieni qua, Agenoruccio mio, dà un saggio al tuo padrino di quelle discipline letterarie che abbelliscono la tua adolescente precocità.

Agenore introduce tre dita nel naso, e con la testa bassa va a situarsi tra le gambe di papà, come un gruppo in gesso di Amore e Venere.

- Il nostro Agenore, - continua Policarpo, - è ancora ai primi rudimenti della sapienza, subordinata alla sua tenerezza, e anche alla mia, che gli voglio tanto bene, ma egli non difetta di quella larghezza costitutiva di cervello, che sua madre glielo dice sempre: studia, figlio mio, come tuo padre, che s'è fatta una posizione, e procura di ottenere quella perspicacia, con la quale fidiamo noi tutti nel tuo desiderio, che sarà il bastone della mia vecchiaia. E ora a te, Agenore, e vedi un po' di farti onore, davanti a questo padrino che è cavaliere nel fondo del culto, persona altolocata, che ci elargisce i beneplaciti d'una preziosa amicizia. Su dunque, Agenore.

E Agenore con voce stridula:

Farfallina, bella e bianca

Vola, vola, e non si stanca

Sopra questo o su quel...

- Ma no! - gli grida Policarpo; la poesia la dirai per ultimazione dell'esperimento. Dimmi invece, quante sono le dita della mano?

Dopo un momento di dolorosa aspettativa, Agenore risponde:

- Cinque!

- Bene! - esclama Policarpo dando un'occhiata trionfale al cavaliere Anassagora, - e come si chiamano?

Agenore osserva le dita della destra, poi balbettando risponde:

- Pollice, indice, martedì, giugno, primavera.

- Ma tu confondi, figlio mio. Si vede che l'erudizione ti si affolla al cervello! Calma! calma! Pensa bene a quello che dici. Quante sono le quattro stagioni dell'anno?

- Sono cinque: pollice, ind....

- Ma no le dita! dico le stagioni.

- Sono quattro.

- Bene! e come si chiamano? prim.... primav.....

- Primavera, agosto, anulare, occania.

- Mi pare, - osserva con indulgenza il cavaliere, - che sia piú forte in geografia.

- Credo anch'io, - miagola Policarpo atterrito, e, con voce strozzata, chiede al figlio: - chi ha scoperto l'America?

Silenzio glaciale per parte di Agenore.

- L'America, - ripiglia Policarpo fremendo, - non fu scoperta da Cristoforo Colombo?

Momento di viva trepidazione nei genitori.

Finalmente Agenore guarda in faccia suo padre e risponde con accento risoluto.

- No.

- Che dici? Cristoforo Colombo non è forse stato il primo a sbarcare nel nuovo mondo?

- No.

- Agenore, - strilla il padre irritatissimo, - tu accorda quest'onore storico e incontestato a Cristoforo Colombo, o io ti fo mettere a letto dalla serva e subito.

Agenore si mette a piangere, pesta coi piedi, smania, fa l'inferno. La mamma lo piglia per un braccio, e lui le graffia il naso. S'interpone il cavaliere Anassagora e Agenore gli afferra una manata di ricci.

- Sciagurato! che fai? lasciami!

Invece di lasciarlo Agenore tira. I ricci si staccano dalla tempia del cavaliere e con essi.... tutta la parrucca.

Policarpo perde il lume degli occhi, piglia Agenore di peso, lo porta nella camera da letto, chiama la serva e al suo cospetto somministra al figlio tutti gli schiaffi che la morale oltraggiata mette a disposizione della paterna autorità.

Messo a letto Agenore, con tutte le violenze del caso, Policarpo rientra nella camera da ricevere e dice al cavaliere Anassagora Caramelli:

- Compare carissimo, io vi domando scusa a nome mio, e interinalmente anche a nome di quella canaglia di mio figlio, che ho consegnato nelle braccia di Rosa, perché lo passi in quelle di Morfeo. Dio mi è testimonio che fo di tutto per infondere il mio sapere nella sua personalità, ma le idee moderne cominciano a traviare il suo spirito. Io non so a quale carriera potrò avviare questo mio unigenito.

- Papà, - grida Agenore, mettendo il naso fuori del coltroncino, - voglio fare il cocchiere.

Il cavaliere a scanso di una nuova scena, fa due complimenti alla signora, saluta Policarpo e si ritira, in fretta e in furia.

Rimasti soli, Policarpo lancia un'occhiata di desolazione alla signora Eufemia.

- Come mai Agenore s'è ostinato a negare che Colombo abbia scoperto l'America?

- Ohi sa! ma sei ben sicuro poi che l'abbia scoperta lui?

- Io?... credo di sì.... mi pare.... almeno.... l'ho inteso dire.

- Perché a me, sembra, invece, che sia un altro.

- Hai ragione, perbacco! Ora mi ricordo che è un altro. Colombo non è, ma è un nome che gli somiglia. Per questo ho fatto confusione. Un nome che finisce in ombo....in ombo....

La signora Eufemia radiante:

- È vero! Flavio Gioia.

XII

De-Tappetti all'Esposizione.

- Scegli, - aveva detto con gravità al figlio Agenore: - o l'esposizione o il tramvai.

- Papà, - aveva risposto Agenore, scelgo anche il tramvai.

Policarpo rimase dolorosamente colpito da questa tendenza scialacquatrice del suo primo unigenito, ma non seppe reagire, pensando che questa gita sul tramvai era stata decisa fin dall'anno passato, in tre successivi consigli di famiglia.

Mentre il tramvai con tiro a quattro sale rapidamente per la erta di Magnanapoli, Agenore domanda:

- Perché s'attaccano i muli assieme ai cavalli?

- Perché la malagevolezza della salita richiede un servizio co' mulativi.

- Ma il mulo non è fratello del cavallo?

- No, caro, è lo zio.

Il tramvai s'arresta davanti al palazzo dell'esposizione, e Policarpo discende, col figlio, non senza insinuare nella tenera intelligenza un'alta idea della paterna generosità.

- Vedi, figlio mio! i nostri sei soldi ci davano diritto imprescrittibile di farci portare fino alla stazione; ma noi abbiamo abdicato a due metà della corsa, perché la voce dell'interesse deve taciturnizzare davanti alle glorie dell'arte, per cui riverbera sul nome italiano tanto lustro, che faresti meglio a badare dove metti i piedi. È la terza volta che calpesti le basi del tuo genitore.

- Papà: che cosa sono quelle statue? - chiede Agenore indicando il gruppo che corona il palazzo.

- Quello, figlio mio, è lo Statuto, con l'Italia e l'Indipendenza, che ci fu largito in occasione della festa annuale, che appunto si chiama giorno dello Statuto.-

- E quelle statue piú basse?

- Sono i duchi Torlonia, coi quali fu inaugurato questo tempio del genio.

- E artiglieria! - dice canzonando uno strillone che passa.

- Concentratevi nella venale esposizione delle vostre effemeridi, brutto vassallo, - gli replica, con voce severa, Policarpo, - e non turbate un padre, nell'atto d'impartire alla prole una saggia collaudazione intellettuale.

Lo strillone fa un giretto, poi torna pian piano e attacca una coda di carta ai bottoni retrospettivi di Policarpo; Agenore se ne accorge benissimo, ma il suo animo, inquinato da traviamenti immaturi, gli consiglia una muta ma odiosa complicità.

Un signore che passa, avverte piamente Policarpo del tiro che gli hanno fatto. Policarpo con gesto maestoso porta la mano destra sulla parte interessata, strappa la coda, e grida:

- Questo non è soltanto un oltraggio individuale, ma è eziandio un attentato al soprabito di un pubblico funzionario....

E rivolgendosi a una guardia:

- Custode severo, ma giusto delle patrie leggi, io vi denuncio un crimine testè compiuto sotto i miei occhi.

- Dove?

- Dietro la schiena. Ai miei bottoni posticipati fu annessa un'appendice cartilaginosa. Eccola: è una coda. Anzi una codardia.

Policarpo, con la sua cieca fiducia nella tutela delle leggi, pianta la guardia con la coda in mano, e conduce Agenore al portone centrale del palazzo.

- È permesso? - domanda col dovuto ossequio al guardiano.

- No, di qui non s'entra.

- Che si entri dalle finestre? - pensa Policarpo, - scusi: mi farebbe il favore d'indicarmi....

- Lei ha il biglietto o la fotografia?

- La fotografia! - mormora Policarpo interdetto, poi con sorriso di trionfo: - sì, ne ho una.

- Allora entri per via Genova.

Policarpo trascina, giú per la scalinata, il riluttante Agenore, che strilla:

- Papà, che cos'è la fotografia?

- Vuol dire che non è permesso accedere negli ambienti espositivi senza presentare una fotografia. Per fortuna, ho in tasca quella di mamma tua.

Policarpo si presenta all'ingresso di via Genova. Il portiere domanda:

- La fotografia?

- Un momento. Essa è sul mio seno, dice Policarpo e cava dalla tasca del soprabito un vecchio protocollo, nel quale è con diligenza incartato il ritratto (tre per una lira) della signora Eufemia.

Il portinaio guarda stupefatto e dice:

- Ma non le somiglia per niente.

- Domando scusa: mi somiglia nell'integrità del carattere, nell'assiduità perspicua ai lavori civili e familiari, nell'inconcussa contribuzione al benessere.

- Qui non c' intendiamo! Lei ha forse esposto qualche cosa?

- Io no: ma un mio cugino ha esposta la sua vita per salvare un pericolante....

- Ma lei allora chi rappresenta?

Policarpo accigliato e solenne:

- Rappresento l'amore della famiglia, l'ordine, il progresso, la moralità.

- Ho capito! quand'è cosi, paghi una lira, si provveda di biglietto, e vada a entrare dalla parte di via Nazionale.

- Già ci sono stato, mio Dio, poichè la mia vita oramai non è piú che una sequela di porte inaccessibili.

Agenore comincia a pestar i piedi.

- Stai cheto, stai cheto, Agenore. Noi finiremo per entrare, onde uscire da questa perplessità. Vieni: tergiversiamo nuovamente il cammino già compiuto, torniamo a questa via non meno Crucis che nazionale.

Tutto si trova a questo mondo e Policarpo De-Tappetti, finalmente, trova la porta per cui si entra. Ma proprio al momento in cui sta per introdurre il proprio individuo in quell'invenzione di Procuste ch'è il contatore, un portiere gli dice:

- Se vuole entrare, entri pure, ma l'avverto che tra sei minuti si chiude l'esposizione.

- Figlio mio, - esclama Policarpo, sbigottito: - sulle pratiche emarginate del destino era scritto che noi non dovessimo entrare in questo santuario dell'arte. Vieni: torniamo alle tranquille ma nutritive gioie domestiche.

- Ma io voglio andare sul tram.

- Il tram, figlio caro, è un tramite costoso, che va usato con parsimonia.

- Voglio il tram, se no mi butto per terra.

- Bada, Agenore, - grida Policarpo con voce iraconda: - non atterrirti, perché io ti terrificherei. Ti sia quindi sacro il fondo dei calzoni come al genitore il fondo per il culto, sul quale resterebbe l'orma di una punizione inconcussa.